LES AMIS
A L'ÉPREUVE,
COMÉDIE EN UN ACTE, EN VERS CROISÉS.

LES AMIS A L'ÉPREUVE,

COMÉDIE EN UN ACTE, EN VERS CROISÉS.

PAR M. PIEYRE,

DE L'ACADÉMIE ROYALE DE NÎMES;

Représentée pour la première fois, par les Comédiens François, le 19 Juillet 1787.

NOUVELLE ÉDITION.

Le Prix est de 1 liv.

A PARIS,

Chez DEBURE l'aîné, Libraire de la Bibliothéque du Roi et de l'Académie des Inscriptions, hôtel Ferrand, rue Serpente, N°. 6.

M. DCC. LXXXVIII.

AVEC APPROBATION, ET PRIVILÉGE DU ROI.

ACTEURS.

FORVILLE.	M. VANHOVE.
ELISE.	Mlle. OLIVIER.
DORIVAL.	M. FLEURY.
FLORICOURT.	M. SAINT-FAL.
UN LAQUAIS.	M. CHAMPVILLE.

La scène est à Paris.

LES AMIS A L'ÉPREUVE, COMÉDIE.

SCÈNE PREMIÈRE.

DORIVAL.

Je me sens aujourd'hui beaucoup plus d'assurance:
Voyons-la. Si je puis lui parler sans témoin,
Sur mon amour enfin je romprai le silence.
Plus de timidité: c'est la pousser trop loin.
Voici son père.

SCÈNE II.

DORIVAL FORVILLE.

FORVILLE.

Eh bien, quand serez-vous mon gendre?

DORIVAL.

Je parlerai ce soir, ce soir sans plus attendre.

FORVILLE.

Lorsqu'aujourd'hui, prenant des tons passionnés,
Mais du vrai sentiment n'ayant que la grimace,
Au métier de galans par la mode entraînés,
Tous vont parlant de feux avec un cœur de glace,
Vous, mon cher Dorival, au milieu de Paris,
D'un véritable amour peut-être seul épris,
Vous le cachez sans cesse à l'objet qui vous touche!
La méthode est nouvelle!

DORIVAL.

Allons, je vous promets
Qu'elle entendra bientôt cet aveu de ma bouche.
Je l'ai voulu souvent, sans le pouvoir jamais.
Je me dis chaque jour, quand je me vois loin d'elle,
Qu'il faut bien cependant s'expliquer une fois,
Et qu'il ne suffit pas, l'aimant depuis deux mois,
Que par mes seuls regards cet amour se décèle.
Je veux parler; j'accours.... quand ma timidité,
Dès le premier coup d'œil.......

FORVILLE.

Dorival, on la passe
A l'écolier qui sort de l'université;
Mais chez un militaire elle a mauvaise grace.

DORIVAL.

Je crains que votre fille encor dans son printems,
Ne trouve.... d'elle à moi, s'il faut parler sans feinte...

FORVILLE.

Comment donc! vous avez à peine quarante ans:
Est-ce à vous d'éprouver une semblable crainte?
Soyez plus confiant. Lorsqu'on joint comme vous
Les solides vertus aux qualités aimables.....

DORIVAL.

Ce portrait-là, Forville....

FORVILLE.

Est des plus véritables;
Et je mets mon bonheur à vous voir son époux.
Ma fille est veuve, et peut contre l'avis d'un père
Disposer, il est vrai, d'elle-même à son choix;
Mais quand elle perdroit tout désir de me plaire,
J'ai sur sa complaisance aujourd'hui quelques droits.
Ce sont, mon cher ami, ceux que mon bien me donne.
Les siens sont maintenant bornés à sa personne.
Joueur et libertin, son époux se hâta
De dissiper la dot qu'Elise lui porta.
Elle l'avoit choisi: j'y voulus bien souscrire;
Mais elle fut trompée, et redonnant sa foi,
Son cœur, qui de ses maux depuis deux ans soupire,
N'aura plus, j'en suis sûr, d'autre guide que moi.

DORIVAL.

Floricourt..... me paroît avoir pris l'habitude.....
De venir fréquemment.

FORVILLE.

En seriez-vous jaloux?

DORIVAL.

Moi !

FORVILLE.

Si vous en aviez la moindre inquiétude.....

DORIVAL.

Je vous l'ai présenté : je suis loin.......

FORVILLE.

C'est à vous
Que je dois l'agrément de cette connoissance.
L'amitié qui vous joint décida mon accueil.

DORIVAL.

Nous y songeons tous deux avec reconnoissance.

FORVILLE.

Si vous cessiez chez moi de le voir de bon œil......

DORIVAL.

Jamais.

FORVILLE.

Si vous pensiez qu'il voulût vous y nuire.....

DORIVAL.

Je ne dis point cela.

FORVILLE.

Vous n'auriez qu'à le dire,
Et vous verriez bientôt l'ordre que j'y mettrois.

DORIVAL.

Encore un coup, Monsieur.......

FORVILLE.

C'est que j'ordonnerois
Que pour lui dès ce jour ma porte fût fermée;
Je dirois à ma fille.....

DORIVAL.

Ah! rien de tout cela;
Votre amitié pour moi s'est trop vîte alarmée.

FORVILLE.

Je le crois en effet. Le peu de bien qu'il a
L'empêche de porter ses vœux vers mon Elise.
Elle-même d'ailleurs sauroit s'y refuser.
Aux miens seuls elle voit qu'il faut être soumise,
Et que si de sa main je cherche à disposer,
C'est vous que je préfère en secret à tout autre:
Elle s'en aperçoit sans doute à mes discours;
Mais ne voulez-vous pas y mettre un peu du vôtre?
Voyons, là, dites-moi, vous tairez-vous toujours?
Faut-il tant de façons pour dire : Je vous aime?
Parlez donc une fois.... ou je parle moi-même.

DORIVAL.

Que je sens vos bontés! mais il faut retenir
Ces tendres mouvemens dont la faveur m'est chère,
Mon amour délicat, ami, veut obtenir
Elise d'elle-même, autant que de son père.

FORVILLE.

Eh bien...... Picard !

DORIVAL.

Pourquoi ?

FORVILLE.

Saisissons ce moment.

(Au Laquais qui entre.)

Allez voir si ma fille est visible.

DORIVAL effrayé.

Comment ?

FORVILLE.

Oui, je veux qu'aujourd'hui l'affaire se décide ;
Vous pourrez maintenant la voir et lui parler.

DORIVAL après un peu de réflexion.

J'y consens.

FORVILLE.

Comment donc ! vous êtes intrépide !
La crainte du péril ne vous fait pas trembler ?

DORIVAL.

Vous vous moquez de moi.

FORVILLE le saluant.

Si vous voulez permettre.

DORIVAL.

J'en conviens, jusqu'ici j'ai pu le mériter;
Mais de l'occasion je saurai profiter:
Et si l'on me reçoit, je vais sans plus remettre......

FORVILLE au Laquais qui revient.

Eh bien, peut-on entrer?

LE LAQUAIS.

Oui, quand Monsieur voudra.

FORVILLE.

Allez-y donc.

DORIVAL.

(Revenant.)

J'y vais..... La toilette?

LE LAQUAIS.

Est finie.

FORVILLE.

Dépêchez-vous.

DORIVAL revenant.

Elle est peut-être en compagnie?

LE LAQUAIS.

Non, Monsieur.

(Il sort.)

DORIVAL revenant.

Mais Lisette......

FORVILLE.

Elle la renverra.
Allons, ferme! du cœur!

DORIVAL.

Quoi! vous croyez peut-être
Que c'est la crainte encor qui me fait...

FORVILLE.

Mon Dieu, non.

DORIVAL.

Je n'en veux plus avoir.

FORVILLE.

Vous avez bien raison.

DORIVAL.

Et je n'en aurai plus.

FORVILLE.

Faites-le donc connoître.

DORIVAL.

Vous allez voir.

SCÈNE III.

FORVILLE.

Ma foi, je crois que pour le coup
Il lui va tout de bon déclarer sa tendresse.
Je puis de son ardeur me promettre beaucoup;
Mais est-il de son siècle? au tems de ma jeunesse,
Où même on n'étoit pas ssi leste qu'à présent,
Où l'on ne prenoit pas un ton si suffisant,
Où l'on avoit encor du respect pour les femmes,
Tout en les respectant, nous déclarions nos flammes.
Le sexe est indulgent : lui montrer de l'amour
N'est jamais à ses yeux une bien grave offense.
Rarement a-t-on vu.....Quoi! si tôt de retour?

SCÈNE IV.

FORVILLE, DORIVAL.

DORIVAL.

Oui ....j'ai......

FORVILLE.

Peste! mon cher, c'est faire diligence.
Si vous êtes d'abord lent à vous déclarer,
Vous savez réussir en fort peu de paroles.

DORIVAL.

Je n'ai......

FORVILLE.

Vraiment! cela s'appelle réparer
Tous ces momens perdus en des craintes frivoles.

DORIVAL.

Ecoutez-moi.

FORVILLE.

Comment cela s'est-il passé?

DORIVAL.

Lorsque j'ai......

FORVILLE.

Le voici. Vous avez commencé
Par vous précipiter aux pieds de mon Elise:
Elle a tendu la main d'un air......

DORIVAL.

Que je vous dise.

FORVILLE.

Tout est dit: tems perdu; qu'importe la façon?
Tu reviens me donner cette bonne nouvelle;
Allons, embrasse-moi, mon aimable garçon,
Mon gendre, mon ami. Passons, passons chez elle.

DORIVAL.

Monsieur, m'entendrez-vous à la fin? .... Je n'ai pu...

FORVILLE.

Hem ?

DORIVAL.

Entrer là-dedans.

FORVILLE.

Certes l'école est forte.

DORIVAL.

La crainte.....

FORVILLE.

De parler !

DORIVAL.

Non, d'être interrompu ;
Un bruit s'est fait entendre au travers de la porte........

FORVILLE.

C'est Lisette ; elle auroit quitté du premier mot.

DORIVAL.

Vous m'allez voir, Monsieur, réparer au plus tôt...

FORVILLE.

Vous retournez ?

DORIVAL.

Non pas.

FORVILLE.

Comment ! toujours remettre !

DORIVAL.

Point : je vais m'expliquer..... avec un mot de lettre.

FORVILLE seul.

Oh ! pourvu qu'il s'explique, il n'importe comment.
Je suis bien assuré qu'il ne sauroit déplaire;
Et moi je me promets un grand contentement
A les unir ensemble..... Ah ! c'est vous.

SCÈNE V.

FORVILLE, ELISE.

ELISE.

Oui, mon père :
Quelqu'un de votre part étoit venu savoir.....

FORVILLE.

Il est vrai.... Dorival auroit voulu vous voir.

ELISE.

J'attendois qu'il entrât. N'a-t-on pas dit.....

FORVILLE.

Sans doute,
Mais il vient de sortir.... et vous saurez pourquoi......
J'espère qu'aujourd'hui... Ma chère Elise, écoute,
Tu ne saurois douter de mon amour pour toi;
Tu sais que mon désir est de te voir heureuse.

ELISE.

Mon père, je le suis : votre main généreuse
Ne me laisse jamais le tems de souhaiter.
Votre cœur la conduit. Chez vous libre et maîtresse,
Avec moi les plaisirs y semblent habiter.
Votre bonté me cherche et me prévient sans cesse.
Que puis-je désirer ?

FORVILLE.

Et que sais-je ? un époux.
Je crois que ton projet n'est pas de rester veuve.

ELISE.

J'ai fait d'un autre état une fatale épreuve.

FORVILLE.

Tu peux dans un bon choix trouver un sort plus doux.

ELISE.

Après avoir gémi trois ans dans l'esclavage,
Peut-on songer encore à former d'autres nœuds ?
La raison le défend.

FORVILLE.

Règle-t-elle nos vœux ?
Et quand tout bas le cœur condamne le veuvage,
Ma fille, n'est-il pas bien souvent le plus fort ?
Mais on peut aisément les mettre ici d'accord.

ELISE.

Ils ont fait pour jamais, je crois, divorce ensemble.

FORVILLE.

Pourquoi désespérer? En y regardant bien,
Avant de faire un choix, mon Elise, il me semble
Qu'il est mille douceurs dans un pareil lien.
Et je connois.... un homme honnête, raisonnable,
Qui des travers du siècle a su se garantir,
Homme jeune d'ailleurs, riche, bien fait, aimable,
Qui sent déja pour toi.... tout ce qu'on peut sentir,
Un galant homme enfin, que jestime, que j'aime,
Et qui, ...j'en dis assez: il parlera lui-même.

SCÈNE VI.

ELISE.

Je ne le vois que trop: cet homme est Dorival.
Je rends, ainsi que lui, justice à son mérite;
Mais il a dans mon cœur un trop puissant rival.
Floricourt....... C'est en vain qu'un père sollicite
En faveur d'un ami, ce cœur avec ma foi:
Comment porter ailleurs ce qui n'est plus à moi?
Du plus constant amour nos sermens sont le gage;
Mais que je crains......

SCÈNE VII.

SCÈNE VII.

ELISE, FLORICOURT.

FLORICOURT.

Enfin, après deux jours mortels,
Deux grands siècles passés dans des tourmens cruels,
N'ayant que mes regards pour unique langage,
Que la prudence encor si souvent détournoit,
Aussitôt que sur vous l'amour les ramenoit,
Je puis donc maintenant, je puis, charmante Elise,
M'abandonner sans crainte aux transports les plus doux,
Vous montrer cet amour que le vôtre autorise,
Et que jamais mon cœur n'a senti que pour vous.

ELISE.

Il faut le renfermer : il faut de notre flame
Garder plus que jamais le secret en notre ame.
Attendons un moment propre à la découvrir.
Espérons tout du tems, et de notre prudence.
Le bonheur est à nous : il est dans la constance ;
Que les difficultés servent à la nourrir.

FLORICOURT.

Quels obstacles nouveaux ?...

ELISE.

Je dépends de mon père.

FLORICOURT.

Vous dépendez de vous. Ignorez-vous vos droits?

ELISE.

Sur ces droits prétendus la nature m'éclaire;
Le sentiment me sert et de guide et de lois;
Lui seul peut en dicter à toute ame bien née.
D'ailleurs, vous le savez, ma fortune bornée.......

FLORICOURT.

Qu'est un pareil motif aux yeux des vrais amans?
Le bonheur a pour eux une source plus pure:
Leur unique richesse est dans leurs sentimens.
Les miens vous sont connus. Elise, je vous jure
Que ces biens, qui pour vous conservent des attraits,
Et qui d'un père ici vous font dépendre encore,
Sont l'objet éternel de mes tourmens secrets.
Oui, j'aurais désiré que celle que j'adore,
N'ayant que sa beauté, que ses vertus pour lot,
Et riche par mes mains du simple nécessaire,
Pût reconnoître alors que mon cœur la préfère
A qui me porteroit un trône pour sa dot.

ELISE.

Je n'en saurais douter, j'en juge par moi-même:
On pense, on parle ainsi, Chevalier, quand on aime;
Mais, je vous le répète, il faut nous observer.
A tout autre que vous mon père me destine.

FLORICOURT.

Son choix seroit-il fait?

ELISE.

Du moins je l'imagine,
Et crois, par certains mots qui lui sont échappés,
Qu'il veut à Dorival...

FLORICOURT

Quoi! mon ami?

ELISE.

Lui-même.

FLORICOURT.

Dorival..... vous a-t-il déclaré qu'il vous aime?

ELISE.

Non pas précisément; mais.....

FLORICOURT.

Mais, vous vous trompez.
Eût-il, s'il vous aimoit, pu garder le silence?

ELISE.

Je vois qu'à mes côtés il se fait violence.

FLORICOURT.

Par quelle crainte enfin seroit-il arrêté?
Pardon...mais quelquefois vous soupçonnez, Mesdames....

ELISE.

J'entends; vous m'accusez de trop de vanité.

FLORICOURT.

Ce n'est pas mon dessein; mais je dis que les femmes
(Je parle en général) sur quelque empressement,

Quelques soins, de ces riens qu'autorise l'usage,
A qui n'est que poli donnent un sentiment.

ELISE.

On ne s'abuse point. L'amour a son langage;
Et pour juger d'un cœur, croyez qu'en pareil cas
Nous avons un instinct qui ne nous trompe pas.

FLORICOURT.

Si vous avez surpris le secret de sa flame,
S'il me faut d'un ami faire ici le malheur,
Rien n'égale le mien. Vous portez dans mon ame
Par ce fatal soupçon, le trouble et la douleur.
Je tiens à Dorival par un service unique;
Pour moi dans New-York il exposa ses jours:
Vous ne l'ignorez pas. Sans son heureux secours
J'aurois trouvé la mort aux champs de l'Amérique.
Puis-je trop le chérir, Madame ? c'est à lui,
C'est à son amitié que je dois une vie
Dont je connois si bien tout le prix aujourd'hui.
Il vous aime : et par moi vous lui seriez ravie !

ELISE.

C'est pousser, Floricourt, vos alarmes trop loin:
Votre ami jusqu'ici ne m'a rien fait connoître.
Mes craintes, mes soupçons sont mal fondés peut-être:
Il les faut éclaircir : vous en prendrez le soin.
Et si j'ai deviné, puisqu'il se cache encore,
C'est un amour naissant et facile à dompter.
Quand vous l'aurez instruit de nos feux qu'il ignore,
Sans efforts Dorival saura le surmonter.

FLORICOURT.

Qui, moi! s'il étoit vrai que vous lui fussiez chère,
Enfoncer le poignard...

ELISE.

Nul pouvoir aujourd'hui
Ne sauroit me contraindre à m'unir avec lui.
Il est à vous ce cœur, malgré les lois d'un père.
Il peut à nos desirs constamment s'opposer,
Vous priver de sa fille, et non en disposer.
Si de mon amitié Dorival se contente,
Offrez-lui de ma part un sentiment si doux.
Que la sienne envers moi soit solide et constante,
Et que près de mon père il plaide enfin pour nous.
Je crois l'apercevoir, et je vous laisse ensemble.

FLORICOURT *seul.*

Sans doute elle s'abuse et craint sans fondement.
S'il avoit de l'amour, il auroit, ce me semble,
Parlé depuis deux mois un peu plus clairement.

SCÈNE VIII.

FLORICOURT, DORIVAL.

DORIVAL.

J'AI vu quelqu'un.... sortir. C'est Elise, je pense.

FLORICOURT.

Elle-même en effet.

DORIVAL.

Et quoi donc! ma présence
A-t-elle le malheur de causer tant d'effroi?

FLORICOURT.

Pouvez-vous le penser?

DORIVAL.

Cette prompte retraite.....

FLORICOURT.

C'est sans intention. Elle est bien loin....

DORIVAL.

Je croi,
A parler franchement, ma visite indiscrète.
Vous paroissiez .... causer avec .... grand intérêt.
Je vous ai .... dérangés. Je le vois à regret.

FLORICOURT.

Ami, de votre part cette idée est étrange,
Et vous me surprenez avec un tel discours.
Qui moi, nouveau venu, connu depuis deux jours,
Moi présenté par vous, est-ce moi qu'on dérange?
Près des vôtres enfin, quels sont ici mes droits?
Vous qui vous y voyez comme de la famille,
Vous ami de Forville....

DORIVAL, d'une manière contrainte.

Il arrive par fois
Qu'on est aimé du père, et fort peu de la fille;
Ce sont deux sentimens qui n'ont pas grand rapport.

FLORICOURT.

Dorival, à la fille ici vous faites tort,
Elle a le cœur pour vous plein d'une haute estime.

DORIVAL.

Son estime .... m'honore.

FORICOURT.

Elle est trop légitime.
Mais c'est peu : vous pouvez y joindre l'amitié.

DORIVAL.

Avec ces sentimens dois-je me croire à plaindre ?
Cependant.... si c'est tout....

FLORICOURT.

Eh bien?

DORIVAL.

Prenez pitié
D'un malheureux ami qui ne peut se contraindre,
Il vous ouvre son cœur.

FLORICOURT.

Qui vous ! vous malheureux !
Et comment ?

DORIVAL.

De l'amour j'éprouve tous les feux.

FLORICOURT.

Pour Elise ?

DORIVAL.

Pour elle.

FLORICOURT à part.

Ah! qu'entends-je?

DORIVAL.

Ma vie
Depuis près de deux mois se passe à l'adorer;
Et la timidité dont ma flamme est suivie,
Malgré tous mes efforts, le lui laisse ignorer.
Sommes-nous sans témoins, je suis mal à mon aise,
N'entendant qu'à demi, répondant de travers:
Je désire à la fois..... et je redoute un tiers.
Pour me débarrasser du secret qui me pèse,
Seul, j'avois préparé le plus tendre discours;
Je m'approche du but après de longs détours,
Et tout près d'y toucher, soudain ma voix expire.
Je me trouble; on le voit; ma peine augmente: alors
Ne pouvant plus long-tems soutenir ce martyre,
Je balbutie un mot, je me lève, et je sors.
L'occasion manquée, aussitôt j'en enrage;
Et loin de ses regards me sentant du courage,
Je fais pour l'avenir les plus brillans projets......
Qui, dès le lendemain sont détruits tout de même.
Chaque jour est ainsi, depuis l'instant que j'aime,
Commencé par l'espoir, fini par les regrets.

FLORICOURT.

Votre état est pénible, et sans doute il me touche;
Mais croyez qu'il en est encor de plus fâcheux,
Vous n'avez qu'à parler, et vous serez heureux.

DORIVAL.

J'exige auparavant un mot de votre bouche;
Mais il faut là-dessus être de bonne foi,
Ne dissimuler rien.....dites-moi donc......

FLORICOURT.

Et quoi ?

DORIVAL.

Ne l'aimeriez vous pas ?

FLORICOURT.

La demande m'étonne.
Porter mes vœux si haut ! m'oublier à ce point,
Quand je ne puis offrir que ma seule personne !
Lorsque tout m'interdit.....

DORIVAL.

Vous ne répondez point.
Blâmer un sentiment, ce n'est pas le détruire.

FLORICOURT.

C'est, je crois, tout de même aux yeux de la raison.

DORIVAL.

Cet amour, j'en conviens, ne pourroit vous conduire
Qu'à troubler le repos de toute la maison.
Dans ses bontés pour moi, contrariant Forville,
Contre sa fille et vous il le pourroit aigrir.
Combien n'auriez vous pas l'un et l'autre à souffrir,
Si son ressentiment....

FLORICOURT.

L'avis est inutile,
Et la seule amitié me trace mon devoir.

DORIVAL.

Mon cœur connoît le sien... croyez-vous qu'il consente
A fonder son bonheur sur votre désespoir ?
Croyez-vous donc chez lui l'amitié moins puissante ?

Dites-moi seulement : J'aime, je suis aimé ;
Vous affligez deux cœurs unis dans le silence....
Et quel que soit l'amour dont je suis enflammé,
Je vais le surmonter ; je vais fuir la présence
De l'objet enchanteur fatal à mon repos,
Chez les Américains rejoindre nos drapeaux ;
Et revoyant ces lieux si chers à ma mémoire,
Où j'ai pu conserver les jours de mon ami,
Par ce doux souvenir mon esprit affermi,
Obtiendra mieux qu'ici ..... sa pénible victoire.

FLORICOURT.

Ah que me dites vous ! non, mon cher Dorival,
Jamais dans votre ami vous n'aurez un rival.
Joignez l'aveu d'Elise à celui de son père.
Tant d'amour, tant de droits que je vous vois unir,
Parlent assez pour vous, et doivent l'obtenir.
Formez cette union..... Elle me sera chère.

DORIVAL.

Si du charme qu'Elise autour d'elle répand,
La voix de la raison a garanti votre ame,
Je vais donc, Chevalier, faire éclater ma flamme,
Et presser un hymen dont mon destin dépend.
Cependant vous trouvez du plaisir auprès d'elle,
Vous sentez son mérite : en formant ce lien,
J'espère vous serrer d'une chaîne nouvelle ;
Je veux que mon ami soit à jamais le sien.
Adieu, dans les transports où mon amour se livre,
Je ne puis plus long-tems différer de la voir.
Je vais me déclarer : je m'en sens le pouvoir.

SCÈNE IX.

FLORICOURT.

Il sera son époux! Dieux, pourrai-je y survivre!
Mais son cœur s'est donné : l'on y prétend en vain.
Elle est à moi, sa bouche a prononcé l'oracle.
Que dis-je! me sied-il de disputer sa main?
Au bonheur d'un ami dois-je porter obstacle?
Il verroit son bienfait ainsi récompensé!
Quoi! je l'exilerois dans un autre hémisphère......
Il vient de me dicter ce qui me reste à faire,
Allons; n'écoutons plus un amour insensé
Dont Elise seroit la première victime.
Le sort ne nous fit point pour être unis tous deux.
Elle attend tout d'un père : il a proscrit nos nœuds :
Voudrais-je en persistant... non, tout m'en fait un crime.
Offrons ce sacrifice à son propre intérêt,
A l'amitié...... Partons : j'en ai porté l'arrêt.

SCÈNE X.

FORVILLE, DORIVAL, FLORICOURT.

FORVILLE.

Vous sortez?

FLORICOURT.

Oui, Monsieur : pardonnez, je vous prie.

FORVILLE.

A ce soir nos échecs. Revenez pour souper.

(Floricourt salue et sort.)

SCÈNE XI.

FORVILLE, DORIVAL.

FORVILLE.

QUELQUE chose paroît fortement l'occuper.

DORIVAL.

En effet.....j'ai cru voir.....

FORVILLE.

Quant à vous, je parie
Que lorsqu'on vous a dit qu'en son appartement
Ma fille ne pouvoit vous donner audience,
Quelle que fût alors votre noble vaillance
Vous avez éprouvé certain soulagement ;
Mais elle va venir ; et l'instant se prépare.

DORIVAL.

Soyez sûr qu'aussitôt mon amour se déclare.

FORVILLE.

Se déclare ! comment ! n'avez-vous pas tout dit
Dans ce certain billet que vous....

DORIVAL.

Sans contredit ;
Et je puis là-dessus m'en fier à ma lettre.
Mais c'est que.....

FORVILLE.

Voyons donc. Qu'est-ce encor?

DORIVAL.

La voilà.

FORVILLE.

Quoi morbleu! ....

DORIVAL.

J'ai voulu de mes mains la remettre.

FORVILLE.

Oui, différer sans cesse; et je vous connois là.

DORIVAL.

C'est afin.... de juger de son effet moi-même.

FORVILLE.

Oh vous ne manquez pas d'avoir toujours raison,
Et pour gagner du tems, votre adresse est extrême;
Mais, Monsieur, les renvois ne sont plus de saison,
Il est enfin venu ce moment redoutable.
Rappelez-votre force, et d'un cœur affermi
Tâchez de recevoir ce terrible ennemi.

(Revenant.)

Je vais vous le chercher.... Si vous étiez capable
De laisser échapper ces précieux instans,
Si sans vous déclarer vous quittiez mon Elise,
Je suis là, songez-y; c'est où je vous attends,
Pour vous faire bien cher payer votre sottise.
Profitez de l'avis.

SCÈNE XII.

DORIVAL.

Quelle tendre chaleur!
Quel avenir heureux devant moi se présente!
Un ami dans un père, une femme charmante,
Où sont unis l'esprit, les qualités du cœur,
Les plus brillans attraits, et cette grace aimable
Qu'on ne peut définir, que je vois, que je sens,
Qui m'attache à ses pas par des charmes puissans,
Et porte en mes esprits un trouble inconcevable.
Mais ce trouble sans doute aujourd'hui va cesser,
Et m'expliquant enfin.... Je la vois s'avancer.

SCÈNE XIII.

ELISE, DORIVAL.

ÉLISE.

Voulez-vous bien, Monsieur, recevoir mon excuse?
J'écrivois lorsque vous...

DORIVAL.

C'est.... avec ses amis,
Madame, la façon dont tout le monde en use.
Si ce titre si beau près de vous m'est permis,
Je me vois trop payé par cette confiance
Des momens dérobés à mon impatience.

ELISE.

Oui, la gêne, Monsieur, le cérémonial,
L'amitié les proscrit; et la vôtre me flatte:
Elle est pour moi d'un prix à qui rien n'est égal.
Si la mienne vous plaît, je consens qu'elle éclate.
Loin de dissimuler un sentiment si doux,
Je vais m'enorgueillir d'un ami tel que vous.

DORIVAL.

Un ami tel que moi.... peut quelquefois déplaire.

ELISE.

Et comment?

DORIVAL.

En portant ses vœux un peu trop loin,
D'une extrême indulgence il peut avoir besoin.

ELISE.

Il l'obtient. L'amitié ne fut jamais sévère.

DORIVAL.

Je pense toutefois.... qu'il est de certains cas
Où l'on ne peut pas trop se flatter de sa grace.

ELISE.

Encore un coup, jamais l'amitié ne se lasse.

DORIVAL.

(à part.)

Et si je vous disois.......... Osons franchir le pas.
Madame.....

ELISE.

Eh bien, Monsieur.

DORIVAL.

En vous faisant connoître
Ses sentimens secrets, on s'expose peut-être
A se voir pour jamais banni loin de vos yeux.

ELISE.

Il faut donc, si l'on craint que j'en sois offensée,
Me cacher avec soin le fond de sa pensée,
Et qu'un prompt repentir,....

DORIVAL.

Ah! connoissez-vous mieux.
On se plaît au contraire à prolonger l'offense;
A vivre dans sa faute, à n'en jamais sortir;
On se reprocheroit l'ombre d'un repentir.
On ne veut écouter ni raisons, ni défense;
Et de quelque douceur que jouisse un ami,
Près d'une femme aimable et qui sait trop lui plaire,
Il aime mieux risquer d'allumer sa colère,
Et cesser d'être aimé, que de l'être à demi.

ELISE à part.

Le voilà cet aveu que je craignois d'entendre.
(haut.)
Floricourt, je le vois, ne vous a point parlé?

DORIVAL.

Floricourt! Non Madame; et je ne puis comprendre
Comment à ce discours il peut être mêlé.

ELISE.

Je vais vous en instruire, et je suis assurée
Que quand vous aurez su notre important secret,
Le sentiment qu'en vous j'ai vu naître à regret
Ne sera pas, Monsieur, de plus longue durée.

DORIVAL.

DORIVAL.

Ciel! que me dites vous? pressentiment fatal!
Floricourt, mon ami, seroit-il mon rival?

ELISE *au Laquais qui entre.*

Qu'est-ce? que voulez-vous?

LE LAQUAIS.

C'est, Madame, une lettre
Qu'on apporte à l'instant. *(Il sort.)*

ELISE.

Je reconnois la main;
Et je vous supplîrai de vouloir me permettre.........

DORIVAL.

(à part.)
Est-ce avec moi.... Me suis-je expliqué donc en vain?

ELISE.

Tenez, Monsieur, lisez: que ceci vous éclaire.

DORIVAL *après avoir lu.*

Que vois-je! Il avoit eu la force de me taire...........
Vous l'aimez? *(Lui rendant la lettre.)*

ELISE.

Je ne puis, ni ne veux le cacher.
Et peut-être sans vous....

DORIVAL.

Vous rendre malheureuse!
Moi-même vous priver!... Ah! je cours l'arracher
Au dessein qu'a formé sa vertu généreuse.

ELISE.

Votre ame est noble et belle; et je vous connois là.
(Seule.)
En lisant ce billet, la mienne s'est glacée.

SCÈNE XIV.

ELISE, FORVILLE, DORIVAL.

FORVILLE *lui tenant la main.*

Je ne vous laisse point sortir comme cela:
Vous me direz comment la chose s'est passée.

DORIVAL.

Monsieur, permettez-moi....

FORVILLE.

Non, Monsieur, s'il vous plaît;
Un départ si subit m'est de mauvais augure.
Vous remettez toujours, et moi je veux conclure.
Bon! Je vois qu'en ses mains elle a votre billet.
On sait donc votre amour; mais cette fuite prompte
Que peut-elle indiquer? embarras? fausse honte?
Elle reste muette. Allons, expliquez-vous,
Daignez me mettre au fait.

DORIVAL.

Je n'ai rien à vous dire:
Cette lettre, Monsieur, vous parlera pour nous.

SCÈNE XV.

ELISE, FORVILLE.

FORVILLE.

VOYONS donc de quel style il a pu vous écrire.

ELISE.

Je crois...

FORVILLE.

Songeriez-vous à me la refuser?
Est-ce à moi que voudroit se cacher mon Elise?

ELISE.

(à part.)

Mon père, la voilà....... Pour le désabuser,
C'est le plus court moyen : il suffit qu'il la lise.

FORVILLE *lisant.*

« J'ai vécu quelque tems heureux
« Par les charmes de l'espérance :
« Je vous aimois dans le silence ;
« Tout vous assuroit de mes feux. »
Que ces mots à mon gré vous peignent bien sa flamme!
Quand Dorival croyoit à vos yeux la cacher,
Ses efforts ne servoient qu'à mieux trahir son ame.
Que cet amant, ma fille, a droit de vous toucher!

(Il continue de lire.)

« Mais! helas, quelle horrible peine!
« Quel coup à mon espoir fatal!
« Faut-il aujourd'hui que j'apprenne
« Qu'un ami devient mon rival! »
Floricourt son rival!

ELISE à part.

Il prend toujours le change.

FORVILLE.

Je trouve assez plaisant que Monsieur Floricourt
S'avise de montrer un ridicule amour.

ELISE.

(à part.)

De grace poursuivez..... Sa méprise est étrange.

FORVILLE lisant.

« Je vais au bout de l'univers,
« Finir des jours que je déteste.
« Heureux si la fureur des mers
« Pouvoit en abréger le reste! »
Que dit-il! il pourroit.... Je vole sur ses pas,
Je l'empêcherai bien.....

ELISE.

Ecoutez-moi, mon père.

FORVILLE.

Non, non; je vais le suivre, et ne t'écoute pas.
Quand j'aurai dit deux mots, il reviendra, j'espère.

ELISE.

Oui; mais.... ce n'est pas lui.... ce n'est pas Dorival.

FORVILLE.

Ce n'est pas lui! comment? cet ami, ce rival,
Ce n'est pas Floricourt à qui cela s'adresse?

ELISE.

Floricourt......

FORVILLE.

A la fin vous me poussez à bout;
Parlez. Tant de réserve, et me pique et me blesse.

ELISE.

Eh bien,... changez les noms .... et vous expliquez tout.

FORVILLE.

Comment! c'est Floricourt qui va ... ma foi, qu'il parte.
S'il a pris de l'amour, c'est bien tant pis pour lui,
Et je suis enchanté que Dorival l'écarte.
C'est l'époux dont pour vous j'ai fait choix aujourd'hui.

ELISE.

Il est trop généreux et trop digne d'estime,
Pour abuser des droits qu'il a sur votre cœur;
Loin que de vos désirs il me rende victime,
Je le verrai plutôt être mon défenseur.

FORVILLE.

Pouvez-vous espérer qu'un homme qui vous aime,
Renonce....

ELISE.

Il fera plus. Il va bientôt lui-même,
Ramenant son ami, solliciter pour nous.

FORVILLE.

Ainsi donc votre cœur est votre unique guide.
Vous en fûtes trompée, et c'est lui qui décide;
Vous n'écoutez que lui pour le choix d'un époux.
Songez à l'avenir. Vous avez pu connoître
Si vous fûtes heureuse en vos jeunes amours.

ELISE.

Ah! sans doute en aimant, on ne l'est pas toujours;
Mais quand on n'aime point, on ne peut jamais l'être.

FORVILLE.

Vous croyez qu'en formant ces solides liens,
Il faille absolument de l'amour?

ELISE.

Oui, mon père.
L'amour, lorsqu'on s'engage, est le premier des biens;
Oui, dans tous les états, l'amour est nécessaire.
Pauvres, il nous console, il adoucit nos maux,
Soutient notre espérance, anime nos travaux :
Satisfaits, et comblés des dons de la fortune,
Il double nos plaisirs, nous sauve de l'ennui
Qu'on rencontre au milieu d'une foule importune,
Et qu'un brillant destin souvent traîne après lui.
Ah! c'est en prévenant, c'est en comblant sans cesse
Les désirs de l'objet dont le cœur est épris,
Qu'on jouït de ses biens, qu'on en sent tout le prix.
En faveur de mon choix souffrez que je vous presse.

FORVILLE.

Les voici tous les deux. Que je plains Dorival!

SCÈNE XVI, ET DERNIÈRE.

ELISE, FLORICOURT, DORIVAL, FORVILLE.

DORIVAL.

MADAME, j'ai vaincu. Je ramène un rival.

ELISE.

L'avois-je bien jugé ce cœur digne d'estime?
C'est vous! c'est votre main....

DORIVAL.

Qui vous offre un époux.
Que je sois votre ami : ce sort est assez doux.

FORVILLE.

Je sais qu'il vous adore, et l'effort est sublime.

DORIVAL.

D'un sentiment trop pur mon cœur est enflammé,
Pour que des nœuds forcés eussent pour moi des charmes.
Ils me coûteroient trop, achetés par vos larmes.
Jouït-on en sentant que l'on n'est point aimé ?
De votre attachement Madame étoit le gage,
Vous cherchiez son bonheur en formant ce lien ;
Souffrez qu'à Floricourt un prompt hymen l'engage,
Et croyez qu'il va faire et le vôtre, et le sien.

FLORICOURT.

Que ce trait généreux a droit de me confondre !
Mon cœur trop pénétré ne peut que le sentir ;
Ce n'est pas par des mots que l'on peut y répondre.

DORIVAL.

Forville, tout vous presse ici de consentir.

FORVILLE.

Mais ai-je sur son compte assez d'expérience ?......

DORIVAL.

J'en ai fait mon ami depuis dix ans passés ;
Et si vous m'honorez de quelque confiance,
Je crois que ce seul mot doit vous en dire assez.

FORVILLE.

Allons, j'y consens donc ; Monsieur, soyez mon gendre,
Mais des vices du jour songez à vous défendre ;

Evitez des maris les travers affligeans.
Que sont-ils presque tous? jaloux ou négligens.

FLORICOURT.

Qu'à mon égard, Monsieur, votre peur soit bannie.
Amour et confiance iront de compagnie.

ELISE.

J'aime à n'en pas douter.

FORVILLE.

Ami si généreux,
Qui peut-être en gagnant cette noble victoire,
Souffrirez en secret.....

DORIVAL.

Gardez-vous de le croire.
Quand on fait son devoir, on est toujours heureux.

FIN.

Lu et approuvé pour la représentation et l'impression. A Paris, le 11 juillet 1787. Suard.

Vu l'approbation, permis de représenter et d'imprimer. A Paris, ce 12 juillet 1787.

DE CROSNE.

www.ingramcontent.com/pod-product-compliance
Ingram Content Group UK Ltd.
Pitfield, Milton Keynes, MK11 3LW, UK
UKHW021121230726
13926UKWH00002B/582

9 782014 066098